AVENTURES
DE
ROBINSON CRUSOÉ

D'APRÈS DANIEL DE FOË

AU TEMPS JADIS

Robinson Crusoé.

Robinson, né dans la ville d'York, en Angleterre, était le plus jeune de trois enfants que le père destinait au commerce. Mais les lectures des récits de voyages des grands explorateurs lui donnèrent de bonne heure un vif désir d'aller en mer.

A l'âge de 19 ans, il partit avec un ami, sans même dire adieu à ses parents dont il craignait les remontrances.

Le téméraire essuya une première tempête et dût la regarder comme une punition meritée de sa désobéissance; car il promit au Ciel de retourner dans sa famille s'il sortait sain et sauf de cette épreuve.

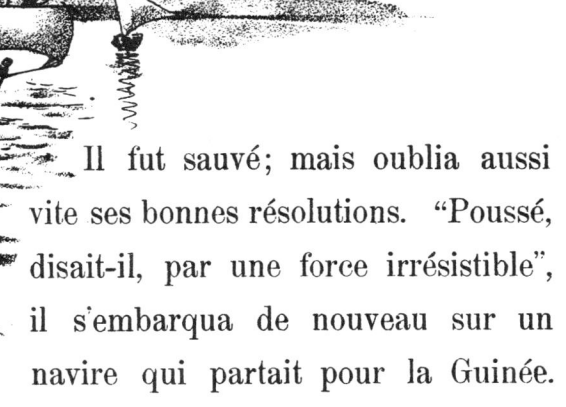

Il fut sauvé; mais oublia aussi vite ses bonnes résolutions. "Poussé, disait-il, par une force irrésistible", il s'embarqua de nouveau sur un navire qui partait pour la Guinée.

La traversée fut d'abord des plus heureuses : bon vent, beau ciel, tout semblait à souhait lorsque, non loin des îles Canaries, sur la côte d'Afrique, le vaisseau fut surpris par un corsaire turc, qui fit prisonnier tout l'équipage.

Cette captivité dura deux ans.

Le patron envoyait quelquefois Robinson à la pêche, avec un petit africain, qui ne le quittait pas.

Un jour, il résolut de s'échapper; et, ayant bien garni son bateau de pêche, il fit voile dans la direction opposée à celle qu'il devait prendre.

Après avoir vogué pendant plusieurs jours, il rencontra un vaisseau portugais, qui consentit à l'accueillir à bord. Douze jours d'une navigation favorable semblaient promettre un heureux abordage. Mais bientôt survint un violent ouragan, qui désorienta complètement le navire, et le poussa sur des récifs où il se brisa.

Tout le monde périt, sauf Robinson, qui put se sauver

à la nage et aborder une île inconnue.

Il y arriva ruisselant, exténué, mourant de faim et de soif; et, avec tout cela, sentant venir la nuit sans savoir où se réfugier.

Il grimpa sur un arbre, dans la crainte d'être attaqué par quelque bête sauvage, et s'y endormit de fatigue et de besoin.

Le lendemain, quelle ne fut pas sa surprise, en apercevant le navire échoué qui émergeait à quelques centaines de mètres de la côte. Il s'y rendit à la nage et y trouva tout un approvisionnement d'armes, de poudre, d'outils et d'aliments ainsi qu'un chat et un chien qui, pour le pauvre naufragé, allaient devenir des amis.

Bien vite Robinson se mit à l'œuvre: avec des planches et des cordes trouvées dans le vaisseau, il se fabriqua un **radeau**, au moyen duquel il ramena dans son île tous les débris qu'il crut pouvoir utiliser. Après ce grand travail, son premier soin fut d'employer les planches à se construire une habitation.

Là, il mit à l'abri tout ce qu'il **avait recueilli et qui** constituait sa seule richesse. Puis, il voulut entreprendre l'exploration de son île.

S'armant d'un fusil et se faisant **accompagner** de son chien, il partit un beau matin.

Bientôt, aux aboiements du chien, quelques chèvres sauvages s'élancèrent en fuyant. Robinson épaula son **arme** et en abattit plusieurs. Il en prit une vivante, avec son chevreau, afin de les apprivoiser et d'en faire des animaux domestiques, dont il pourrait utiliser le lait pour sa consommation, en faisant même du beurre et du fromage.

Un joli lama, puis un perroquet, trouvés aussi dans l'île complétèrent sa ménagerie. Il apprit à parler à ce dernier, qui le reveilla ensuite chaque matin en lui criant : "Bonjour Robinson !"

L'exilé variait son existence de son mieux : une part était faite par lui à la chasse ou à la pêche, afin de subvenir à son entretien, une autre au travail, c'est-à-dire à l'embellissement de sa demeure, à la confection d'un mobilier : tel que table, chaise, armoire. Il en vint même à fabriquer de la poterie, en pétrissant de la terre et en la faisant cuire sur un feu doux; puis, de la chandelle qu'il obtenait avec des débris de ficelle et la graisse des boucs qu'il tuait.

Il avait aussi semé quelques graines trouvées dans le navire et dont la récolte devait, à la longue, lui permettre de se faire du pain.

Un jour, il ramassa près de la mer une grosse tortue, ayant une soixantaine d'œufs : ce fut pour lui un régal nouveau.

Robinson mettait ainsi à profit tous les moyens possibles d'améliorer sa position.

Ses vêtements s'étant usés, il s'était vu obligé de s'en confectionner d'autres avec de la peau de chèvres.

Il eut bientôt tout un costume complet : tunique, pantalon, bottines et même parapluie, ou mieux peut-être parasol; car les rayons brûlants du soleil sont plus à craindre dans les contrées africaines que la pluie souvent bienfaisante.

Il y avait deux ans que Robinson était dans son île sans avoir jamais rencontré un être humain, lorsqu'un jour, en descendant une colline, il vit avec une extrême surprise des empreintes de pieds d'homme marquées sur le sable.

Il en suivit la trace et aperçut un peu plus loin, devinez quoi? Les restes d'un grand feu auprès duquel gisaient des ossements humains.

Des anthropophages étaient donc venus dans cette contrée. Robinson allait-il être exposé à les rencontrer? Il en tremblait de crainte, et bientôt se retira dans sa demeure, décidé à se défendre à outrance, si jamais il était attaqué par ces cannibales.

Cette terreur, qui dura un certain temps, remplissait Robinson d'une sorte de mélancolie : il n'osait plus chasser de peur d'éveiller, par le bruit des coups de fusil, la curiosité des sauvages, s'il s'en trouvait jamais dans l'île.

Il lui fallut donc songer à augmenter son troupeau de chèvres apprivoisées en en prenant quelques-unes au piège ; puis compléter sa basse-cour par un certain nombre d'oiseaux de mer, qu'il apprivoisa également, et qui purent lui donner bientôt des œufs frais tous les jours ; puis il fortifia sa cabane pour la mettre à l'abri de quelque coup de main.

Il ne s'éloignait plus d'ailleurs de son logis qu'armé d'une paire de bons pistolets, passés à sa ceinture, et d'un fusil bien chargé.

Une année se passa sans qu'il rencontrât d'autres vestiges humains; mais un matin que le solitaire explorait encore les environs de son habitation, il fut frappé par la vue de cinq barques amarrées sur le rivage, et par celle d'un grand feu qu'activait un groupe de sauvages.

Il monta sur un arbre, afin de se cacher et de pouvoir en même temps observer ces barbares de plus près.

Il les vit alors, avec horreur, tirer de leurs barques deux malheureux prisonniers, en assommer un, le faire rôtir et le manger.

L'autre attendait le même sort; mais, au moment où l'on coupait ses liens, il aperçut Robinson et eut l'idée de se sauver dans sa direction.

On l'y poursuivit.

Mais Robinson se tenait en embuscade, et quand les sauvages arrivèrent près de lui, il fit feu, en tua deux d'un coup et jeta parmi les autres une telle épouvante qu'ils se précipitèrent dans leurs canots pour quitter l'île au plus vite.

Le prisonnier, se voyant ainsi délivré, se jeta aux pieds de son sauveur, baisa la terre en signe de soumission; et, prenant le pied de Robinson, le mit sur sa tête pour lui jurer fidélité.

C'était un grand garçon d'environ vingt cinq ans, à l'air doux et intelligent. Robinson le releva doucement, l'emmena dans sa maison et, après lui avoir donné le nom de Vendredi pour rappeler le jour de sa délivrance, il se mit en devoir de l'habiller également de peau de chèvres, et de lui préparer un petit logement afin de lui donner des habitudes plus civilisées.

Dès le lendemain, Robinson commença l'éducation de Vendredi : il lui donna d'abord à manger du chevreau rôti et bouilli en lui faisant comprendre que cela devait remplacer pour lui à tout jamais la chair humaine; puis il lui apprit à battre le grain, à le vanner, à le piler et à en faire du pain.

Enfin, le pauvre esclave fut bientôt en état de servir son maître de toutes manières.

Une seule chose le surprenait et lui causait en même temps une grande frayeur, c'était la vue et le bruit du fusil. Il le regardait de près quand il se trouvait seul, mais sans oser y toucher, se contentant de lui parler, dans son langage comme à quelque chose capable de lui répondre.

Ce ne fut que plus tard, lorsqu'il sut lui-même parler l'anglais, que Robinson s'efforçait de lui enseigner, qu'il put comprendre et produire aussi le bruit destructeur de l'arme.

Vendredi arriva ainsi peu à peu à partager la vie de son maître, qui se réjouissait de plus en plus de lui voir combler sa solitude en lui témoignant un si fidèle attachement.

Une certaine nuit, il s'éleva sur mer une tempête terrible : des coups de canons annoncèrent qu'un navire était en détresse ; et, le lendemain au point du jour on pouvait constater un affreux désastre : le vaisseau s'était brisé sur un écueil. Robinson resolut d'aller visiter ce navire avec l'espoir d'y sauver peut-être quelque naufragé. Il s'y rendit; mais ne trouva de vivant qu'une chèvre, et un chien qui se mit à aboyer en l'apercevant.

Robinson avait justement perdu son fidèle limier, ce fut une joie pour lui d'en retrouver un autre se jetant à la nage pour venir à lui. Il le fit monter sur son radeau et lui donna à boire et à manger.

Il recueillit aussi la chèvre.

Puis il songea à s'approprier les débris de ce navire, il

y trouva quelques effets, des ustensiles de ménage, des armes, de la poudre, et plusieurs tonneaux de rhum et d'eau-de-vie, que Vendredi l'aida à ramener chez lui.

Ce qui dominait maintenant l'esprit de Robinson, c'était un immense désir de revoir sa patrie.

Vendredi lui avait appris qu'il existait non loin de leur île une tribu d'hommes blancs chez lesquels on pourrait aborder en canot.

— Eh bien, mon ami, il nous faut en confectionner un, répondit Robinson.

Et alors, sans perdre de temps, ils se mirent à la recherche de l'arbre le plus gros et le plus dur de leur île, et y creusèrent une chaloupe.

Pour la rendre plus sûre, on y mit un mat et une voile en même temps que des rames.

La barque ainsi amenagée se trouvait en état de prendre la mer.

Robinson l'avait essayée lui-même avec son nouveau défenseur à quatre pattes; puis il en avait appris la manœuvre à Vendredi, qui devint bientôt un bon matelot.

Tout était prêt à entreprendre l'excursion projetée lorsque l'apparition de nouvelles barques, chargées de sauvages, vint créer un danger nouveau.

Les deux hommes se mirent en état de défense ; et, grâce à leurs armes à feu purent triompher facilement de ces cruels ennemis : un grand nombre furent tués ou blessés, le reste s'enfuit, abandonnant trois prisonniers.

Robinson s'empressa d'aller les délivrer de leurs liens ; et, quelle ne fut pas la joie de Vendredi, en reconnaissant parmi eux son père qu'il venait de sauver de la dent de ces mangeurs de chair humaine. Peu de temps après, quand ces captifs furent remis de leurs émotions et de leur terreur, ils demandèrent à retourner sur la terre ferme, à la recherche de leurs autres compagnons.

Mais Robinson attendit en vain leur retour. Il allait entreprendre la construction d'un bâtiment plus solide, lorsque Vendredi vint l'avertir de l'approche d'un navire qu'il venait d'apercevoir.

Aussitôt, tous deux se rendirent vers la plage, munis d'une perche à laquelle ils avaient attaché un morceau de toile pour servir de signal aux yeux des navigateurs.

Ils attendaient, le cœur battant de crainte et d'espoir.

Enfin, une chaloupe se dirigea vers eux : ils avaient été vus; et, pour comble de bonheur, le navire était anglais.

Le capitaine consentit avec plaisir à se charger de son compatriote, qui demanda à emmener avec lui son fidèle Vendredi.

Il emportait aussi, comme souvenir, son rustique habillement, son parasol et son perroquet.

Robinson ne put se défendre d'une vive émotion en quittant ainsi, pour toujours, ce lieu qu'il avait habité pendant 28 ans; et où il avait su endurer tant de peine et déployer tant d'énergie; où il était parvenu enfin à triompher du mauvais destin à force de courage, de travail et de persévérants efforts.

FIN

© 1994, Éditions Mango
Loi n° 49-956 du 16 juillet 1949 sur les publications destinées à la jeunesse
Dépôt légal : mars 1994 - ISBN : 2 7404 0349-6
Impression et reliure : Pollina s.a., 85400 Luçon - n° 65863 - H